KB233264

지상은 향기롭다

지상은 향기롭다

한상남 시집

문학세계사

완전한 절망은 없었다.
시가 있었기에.
고달픔을 함께 견뎌준 젖은 시들을 세상에 보낸다.
이 시들과 함께 내게 왔던 시간들을 이렇게 묶어두고
이제 새 노트를 펴고 싶다.

1

2

3

4

1

목 련

이 봄
한 번도 사용하지 않은
새 슬픔의 시작처럼

고요해라
아파라
그의 흰 손수건

툰드라*

그 날 이후
병을 얻어
이끼뿐인 벌판에 누웠다

목숨의 처음과 끝을 잇는
맑은 섭리로
천지에 봄빛 내릴 때

무슨 형벌이
이리 황홀할까

가슴 한켠
다시는 꿈꿀 수 없는
이름을 묻어
평생 녹지 않는

얼음층을 지니게 하다니

---

* 툰드라 : 극지대의 땅. 혹한으로 인해
영구동토층 토양이 형성되어 있다.

휴일 · 1

겨울 적막 속에
슬픔 한 독 묻어 두고

텅 빈 어린이놀이터 아기그네에 앉아
저무는 시간을 바라본다

이렇게 견디는 게
너무 아파
낮은 노래로 조금씩 흔들리면서
울지 마라 울지 마라
깊어가는 상심을 잠재우다가

문득 향기로운 기척에 눈을 드니
하늘 가득
점점이 날리시는 눈송이

눈부셔라
발효가 끝난 슬픔

휴일 · 2

누가 실어 올린 그리움일까
바람 자는
맑은 하늘 한복판
연 하나
아득히 떠 있다

한 이름을 간직한 이후
이 조용한 풍경도
예사롭지가 않구나

아득하여
아득하여 눈물겨운 사람아

화 석

자연사 전시장에서
화석을 본다

용해할 수 없었던
수억만 년의 세월을 끌고 와서
유리장 안에 누워 있는
고생대 데본기의 삼엽충
중생대 백악기의 암모나이트

다시 몇 억만 년 후
내 가슴에서 발굴된
당신의 이름을 본다

자귀나무꽃이 피었습니다

자정 넘은 시간에
걸려온 전화
술에 취해
그가 한 말은
자귀나무꽃이 피었다는 그뿐

이어지는 말없음표가
천둥처럼 달려와
오래 키운
내 뜰의 상심 한 그루 넘어뜨리고
그 자리에
눈물보다 먼저
분홍빛 따뜻한 꽃물이 번져

나 이제

세월을 믿는 나이가 아니건만
올해도
자귀나무꽃이 피었습니다

돌아오는 길

산 같은 그 사람 만나고
돌아오는 길
코스모스 뜨겁게 흔들립니다

노을 지는 산그림자가 매워서 나는 울고
부르지 못한 이인칭이 아파서
나는 또 울고

저만치 불밝힌 동서울 톨게이트 앞에서
화들짝 꿈을 깨듯
삶의 속도를 줄이는
쓸쓸한 중년

중부고속도로를 달리면
먼 훗날까지

눈물 나는 이유 하나
내 가슴에 있습니다

달맞이꽃

아침 산책길에
미처 가슴 여미지 못한
그녀를 보았다

여름 한철
밤에만 허락받은 인연
햇볕 아래서는 구겨져야 하는
향기로운 고통을 보았다

아는 사람만이 알지
어둠뿐인 사랑이 얼마나 독한지를

이슬받이길에 잠시
젖은 새벽을 세워두고

글썽이며 바라보는
들판 가득
그날 밤 찢어버린 편지들이
노랗게 흔들리고 있었다

바람만 예사롭고

지금 나는
고장난 시계다
네가 떠난 그 시각에
멈춰 섰다

그 날 이후
바람만 예사롭고

세상은 쉰다

폐 광

드릴 수 있는 건
다 드렸습니다
내게서 채굴한 시간들을
하룻밤 꿈으로 여기시든
평생의 빚으로 묶어 두시든
당신 마음대로 하시고
더는 들여다보지 마세요
드릴 것 없고
채울 길은 더욱 없는
폐광으로 남겠습니다

목소리

당신이 떠나고 나서
왜 그렇게 잠이 쏟아지던지요*

봄은 저물고
애처로운 이명만 남아
내 깊은 잠을 난타하느니

당신이
떠나고 나서

* 장 콕토 작 희곡 〈목소리〉 중에서

첫 눈

허사虛辭를 버린 기도 끝에
한 깨달음을 얻으니
오늘밤
그리움마저 벗은 이 마음을
빈 뜰에 세웁니다

이렇게 세월이 저무는 것도
견딜 만하니
희디흰 비단 한 폭 깔린
거기
느낌표 같은 발자국을 남깁니다

슬픈 사랑

가슴에 쾅쾅 못 박으면서
선혈 낭자한 죄를 꿈꾸면서
하루에도 열두 번
겨울과 봄의 경계에
마음 풀어 둔 채
미친 듯
취한 듯
뜨겁게 무너지면서

가시나무 덫을 안고
포옹의 순간에조차 고단했던
슬픈 사랑아

안녕

무릎 꿇고
너를 보낸다

2

빈 집

모처럼 햇살이 따사로운 빈 집에서
편지를 쓴다 하셨지요

그러면 나는
여느 때 당신의 집을 채우는
다른 이름이 있음을 생각합니다

당신의 문법 안에서
나는 언제나
빈 집

오늘
내 집이 춥습니다

봄

눈물은 겨우내 헛되이
가시 돋친 시간을 적셨구나

밀주 같은 사랑
익을 대로 익어
차오르는 향기 가둘 수 없으니

눈부신 것아
슬픔조차 물오르게 하는
달디단 것아

한 이름에 취해 어지럽던
꿈 벗어놓고
거친 뜨락을 지키던 꽃나무 가지마다
새 잎 달아 주시는

면밀한 뜻에 닿아
내 고단한 마음을 쉬리

꽃

열정도 죄가 되는 날

꽃을 탐하는 일
두려워
이만큼
떨
어
져
서
당신을 본다

신록 앞에서

지난 가을
너와 함께
무수히 떨어지는 낙엽을 보았거니

이제 홀로
신록 앞에 섰다

아름다운 사람아
이별이 아니었다면 내 어찌
이 푸른 슬픔의 힘을 알았으랴
슬픔의 힘으로 피어나는
고귀함을 알았으랴

우기의 시

밤 깊도록 비 내린다
먼 풍경 속에
점점이 창을 밝힌 기차가 질주하고
못 다 사룬 기다림만
깊은 시간의 언저리를 서성인다

새들의 잠자리를 걱정하던
깨끗한 유년도
그리움도 독이었던 부신 청춘도
다 보내고
다시 우기에 서서
잠들지 못하는 애증을 다스리노니
아직 젖지 않은 것은
너를 떠올릴 때마다
불현듯 시작되는 목마름뿐

오늘밤
빗소리 속에 타전되는
햇빛 예감으로
내 창에 불 밝혀두리

낙 화

해질녘
폐경한 어머니들의
성스러운 귀가

지상은 아직 향기롭다

단 풍

맨 처음
누군가 산에 올라
가을이 왔다고 속삭이며
은밀하게 방화할 때
이 땅의 봉우리마다
그토록 절실한 불씨를 품은 줄은
타오를 순간만을 기다리는 줄은 몰랐으리
하루가 다르게 번지는
화르르 화르르
이 산에서 저 산으로
축지하는 불길을 바라보는 오후
속절없이 황홀하다

가을, 화조대에서

맑게 씻긴 수평선
반짝이는 칼날이다

이렇게 무섭게 맑은 날
동해에 서면
그 칼날 아래 엎드려
평생 숨어 지은 죄
자복하고 싶어라

병 후

그 사이
햇살이 여물었구나

미열도 이명도 맑게 걷혀
더는 잃을 것도 없을 듯
가벼운 오후
하늘빛은
바라보는 것만으로도
새 뉘우침을 가르치고

가을
그대가 허락하는 먼 기억으로
못 다 다스린 현기증마저
오늘은 이렇게 감미롭구나

가을비

바람이 거두지 못한 혼을 위하여
그가 오시다

한밤내 풀꽃의 어깨를 두드려
생시에 가졌던 꿈을 부리게 하고
기억의 건반
그 중 시린 음계를 눌러
화살처럼 빠른 아픔 한 줄기 놓으시는 뜻

불면의 새벽이 잉크빛으로 젖고 있다

안개 자취

그가 지상에서 일박한다

모든 풍경에서 무게를 걷어내며
예언하노니
마음이 다가가지 않으면
눈떠도 보이지 않으리

희고 캄캄한 그의 가슴에
가만히 한 발 들여놓은 사람은 안다
잠시 경건한 길을 열어
나뭇잎 하나 스러지는 뜻

이 가을
시간을 다한 목숨만이 자유롭다

겨울 일기

안개비 뿌리는
공원 숲길을 거닐었다
잎진 나무들은
무성했던 욕망의 아우성을 거둬들이고
경건한 안거에 들었다
덩굴손처럼 집요하게 뻗어 오르던
오랜 그리움도
그 곁에 서니 평화롭다
비로소 보인다
물안개에 잠겨
수묵화 속으로 물러선
그대
먼 산

목련이 진다

사람이 준 아픔을 지웠노라고
웃으며 창문을 여는 봄

그래, 그래
끄덕이며
목련이 진다

3

하산下山

이맘때쯤에야
세월의 옆모습이 보이는구나

오늘
노을은 너무 빠르고
가을산에 오른 사람들은
울면서 하산한다
사랑을 알게 된 악마처럼

소묘·1

저물녘 공원 벤치에
고개를 숙인 한 남자가 잠들어 있다
기우뚱 한쪽이 닳은 신발에
그가 밟아온 남루한 세상을 가두고
더는 버릴 것도 없는 듯
지문을 늘어뜨린
손

이제 곧
희망을 내려놓을 듯
위태로운 그의 어깨에
고달픈 어둠이 내린다

소묘 · 2

땀을 흘리며
우거지 선짓국을 먹는 남자
열리지 않는 문을
얼마나 두드리다 왔을까
꺼칠한 턱을 훔치는 손마디마다
힘줄 불거진 노동
지상의 가장 튼튼한 이념을
그러잡은 눈빛으로
오늘 허락된 일용할 양식을
서둘러 비우고
그는 다시 간다
막막하고 높은
삶의 빗장에 매달리러

풍 경

겨울 공원에 안개비 자욱하다
잎진 나무들
희망이 떠나버린
빈 둥지를 품고 선 아버지처럼
의연하여 눈물겨워라

보도블록으로 잘 단장된 숲길 한쪽에
방치되어 있는 굴착기 한 대
무슨 공사 중이었을까
벌겋게 파헤쳐진 흙
김매던 밭머리에서
칭얼대는 아기에게 젖 물리던
우리네 어머니 뵌 듯
젖은 흙의 숨결
눈물겨워라

숲길 사이
정물처럼 피어 있던 우산 두 개
천천히 사라진 자리
깨끗한 고요가
눈물겨워라

독 백

애인아
어찌 상처를 두려워하랴

배추밭에서는
과꽃이 잡초이고
꽃밭에서는
고추포기가 잡초이니

이쯤에서
이마에 손을 대고
남은 길을 바라보면

독약이면서
환희인 우리 사랑
너의 것도 나의 것도 아니어라

11월

성실하게 물든 은행잎
한 잎 남김없이 화려하다
마지막 햇볕을 걸친 목신木神이
넘치는 잔을 드니
황금빛 도도하다

입동 전야에
찬비 내려
갑자기 싸늘한 이 아침
한꺼번에 손을 턴
저 아름다운 승복을 보아라
은행나무 깨끗한 가지
흑백사진 속의 구도자처럼
결곡하다

조등弔燈

그는 갔다
홀로 가는 엄숙한 길
남은 사람들은
기억의 사이사이로
몇 잔의 슬픔을 나눈다
벚꽃 환한 봄날도
물에 씻은 보름달도 잠시 어린다

망자의 길이 멀어
부산한 하루가 저물면
아무도 가지 않을 것처럼
끼니를 챙기고 돈을 세는
남은 자들의 등 뒤에서
등불 하나 단순하게 흔들린다

그는 다만
먼저 갔다고

그 무덤에 가서

그 무덤에 가서
알았습니다

안부를 거부하는
당신의 평화

고개 숙인 계절은
저 홀로 깊어가고
언덕을 뒤덮은 몇 단의 들꽃만이
그 따뜻한 평화를
배경하고 있었습니다

비단길 · 1
—— 고비사막

오아시스 도시를 떠나니
다시 황무지
불모의 땅에도 삶이 있고
그 끝에 엄연한 죽음이 있어
초라한 흙무덤들이
적요한 시간을 가두고 있다
무덤은 늘
가까이에 삶이 있다는 표지

이윽고 인간의 삶을 떠나
하늘과 땅의 간절한 침묵
그 한가운데를 달리니
여기가 고비사막이다

하느님도

이 황량함을 어찌하지 못해
쓸쓸한 붓을 들어
아득한 지평선으로 마감하신

비단길 · 2
— 화염산

이 땅에서는
바람도 절망한다
천산북로 허리께
너울거리는 검붉은 혀
무간지옥의 한 자락을 밟고 서서
그대 품은
깎아지른 벼랑을 나누어 안고
나는 그리워서 운다
풀 한 포기
새 한 마리
오오, 목숨이 빛나는 벌레 한 마리

비단길 · 3

물기를 온전히 걷어내면
인간의 몸도
유물이다

어느 지층에서
뜨거운 피 다 비워내고
자연으로 돌아가는 길을 잃은
주검들 사이에서
산 자의 기도는
이것 하나

허락하소서
순하게 썩는 은총

4

날마다 좋은 날

병을 앓은 후에는
병이 남긴 선물을 열고

실패를 경험한 후에는
삶의 빈 곳을 쓰다듬게 되니

십오일 이후*
우리 삶은
일일시호일日日是好日

날마다 좋은 날일세

* 중국 고승 운문선사의 말. 도를 깨우친 이후를 뜻함.

봄 밤

누구일까
홀연히 다가와
사막 같은 내 창에
등불을 거는 손

모래바람 속을 헤매던 기억이여
메아리처럼 반복했던
덧없는 약속이여
오늘밤 나는 울어야겠다
돌아서서
명징한 불면으로
잠든 세상의 끝을 밝히고
기다려야겠다

축복처럼 다가와

사막에 동면하는 요정을 깨우는
아름다운 이

6월 어느 날

진종일 벌들을 희롱한
쥐똥나무 울타리가
어둠 속에
남은 향을 흩뿌린다
울타리 아래서 튀어나온 개들이
짐짓 꽃향기에 취한 체
비틀거리고
내 안의 여자가
은밀하게 달아올라
머리가 뜨거우니
이런 밤엔
찔레덩굴 아래
굵고 물기 많은
땅찔레순 솟아 있겠다

즐거운 미혹

성인은 나이 사십에
미혹을 벗는다지만
나 아직도
용렬하게 흔들리니

혹세에는
혹할 일 많아
이 즐거운 미혹 더불어
하늘의 뜻 깨칠 날을 향해
흔들리며 흔들리며 간다

담백한 이별

돌아와
며칠 독하게 앓았습니다

홀로 앓는 사이에
꿈결인 듯 울려대던 전화벨 소리
무슨 일이 있었던 걸까요

지금 창밖엔 봄꽃이 환하고
내 눈도 맑아졌습니다

문득 아버지 누워 계신
산언덕이 그리워
기차를 타고 가는 고향행
멀리 보이는 풍경들은
강물처럼 한가롭고

우리도
이만큼 멀어지니
담백한 평화를 꿈꿀 만합니다.

다시 가을에

당신은 그저 심상하게 다가와
무거운 커튼을 젖히고
아무 일 없었던 듯
맞은편에 앉아 커피를 마신다

세상을 흔들던 바람도 자고
가슴 속 매운 연기도 자고
피 흘릴 만큼 흘려
아주 순해진 시간 속으로
꿈인 듯 당신이 왔건만

비어 있는 자리에 익숙한 나는
손님 맞듯 부끄러워
오래 바라볼 수 없다

다시 일어서야 하는 당신

가을 해바라기

행복하여라
그렇게 많은
희망의 시간을 가졌거니

빈센트의
광기어린 황색 아틀리에를 밝혀 주었던
꽃잎이
스스로 돌아가는 길을 찾으니

그리하여 더욱 행복하여라
찬란한 기억들이
촘촘히 여물고 있느니

사 진

어둠에 헹궈내어
영원을 꿈꾸는 한 순간을
비로소 보여 주는
고요한 기억의 문신

오늘
빛도 바람도 가둔
세월의 한 페이지를 열어
이렇게 증거하리라

역 설

링거를 꽂은 채 잠든
암병동의 오후
고요하다

투명하게 새나가는
목숨의 흔적이 무서워
젖은 눈으로
창밖을 내려다보니
7층 아래 병원 뒷골목에서
사람들이 싸우고 있다

멱살을 잡아 흔들고
주먹이 나가고
발길이 공중을 훑는다

힘이 넘치는 폭력
아름답다

분재소나무

분재소나무 한 그루 들여오니
가지는 황금분할 구도
밑동은 수령 기백 년의 기품이다

한 풍경이 내 방을 채운
그날 밤
그가 울었다

바람이 나무를 나무이게 한다고
바늘잎 하나 미동 않는 분재소나무
잃어버린 바람소리를
속울음 울고 있었다

전 야

왕이 오신다
지고한 사랑
몸소 오신다

당신께
피 묻은 날들이 기다린다 해도
기도로도 어찌하지 못하는
가시면류관이 예비되어 있다 해도

왕이시여
오늘은 별들도 지상으로 내려와
길을 밝히니
인간의 혀는 부끄러워
삼가 침묵을 바치나이다

느티나무에 관한 추억

아기 느티나무를 본 적이 있어요

젊은 날 잠시 마곡사 암자에 머무를 때
볼이 곱던 동자스님 그 손짓을 따라가니
지난 봄 책갈피에 눌러둔
몇 분 부처가 계셨어요.
그 중 뿌리째 마른 한 뼘짜리 아기 부처
펜화처럼 빈약한 그것이
느티나무라 했어요
동구밖을 지키는 느티나무
장정이 안아도 몇 아름이 넘는 느티나무
높게는 삼십 미터까지 자란다는
느티나무의 아기 모습
성자의 어린 시절을 뵈온 듯 유쾌했어요

아마도 그 날 이후인가
사물의 근원을 엿보는
집요한 습관 하나 생겼지요

폭 로

헤이즐넛 커피
커피 전문점에서도
비싸게 팔리기로 소문난
너의 내력을 내가 안다

오래된 커피 처치할 길 없었던
미국의 한 커피상이 잔머리 굴려
죄 없는 개암향을 입혔더니
어리숙한 백성들이
홀딱 반해 덤벼들었던 일

그때부터 너 귀부인 되어
카페마다 상석에 앉히려 들지만
얄팍한 상술과 결탁하여
신분을 바꾼

너의 가증스런 음모를 내가 안다

본질을 훼손하여 명예를 쥔
발칙한 것

영롱한 표면장력의 시편들
—— 지상은 아직 향기롭다

한 영 옥 | 시인·성신여대 국문과 교수

이번 시집 『지상은 향기롭다』에서도 한상남의 시편들은 슬픔을 정돈하여 가지런하게 빗겨놓고 있다. 이 가지런한 빗질은 자연스럽게 농밀한 언어의 결을 짜놓는 것으로 드러난다. 정연한 슬픔의 밀도 — 슬픔을 삶의 평안으로 가라앉힌, 그 응축의 농도가 한 편 한 편 눈시리다. 한 편 한 편이 영롱한 표면장력으로 이슬방울들처럼 선연하게 맺혀 있다. 돌이켜 보면 이와 같은 한상남 시의 특장은 첫 시집 『눈물의 혼』에서부터 뚜렷한 것이었다. 첫 시집 첫 자리에서부터 만났던 그 눈 시린 선연함, 결 고운 응축의 미학을 지금껏 기억한다.

"소리 없이/겨울의 휘장을 그어 내리는/무수한 면도

날/허공에서 올올이 풀리는 비단실은/누구의/맑은 핏줄로 스며드는 것일까//나도/오늘은 조용히 흘러/순결한 이의 뜨락에/온전히 수혈되고 싶다//"(「봄비」 전문) — 이처럼 그는 대상을 섬세하게 쪼개어 가장 깊은 내부의 소리를 받아 적으며, 그로부터 스스로의 내부성을 촉발당하곤 했던 것이다. 봄비가 그에게 부딪쳐 일깨운 세계, 지극한 순수의 눈부신 깨어남이 거기에 있었다.

그로부터 한참, 오늘에 이르러서도 한상남의 영혼은 여전히 "새 슬픔의 시작"이 비롯되는 사용하지 않은 "흰 손수건"(「목련」)의 정결함에 닿아 있다. 그래서 그의 시를 읽는 내내 기쁨과 함께 부끄러움을 지우지 못한다. 우리는 그 정결한 수건에 묻어나는 스스로의 얼룩을 보아야 하기 때문이다.

그런데 이번에 그는 응축의 미학에 더 힘을 기울이고 있었다. 침묵의 깊은 행간을 넉넉히 거느리며 말을 아끼는 사람의 일성이 갖는 위력을 단단하게 확보하고 있는 것이다.

1. 지상의 사랑, 가혹한 현존

한상남 시의 주체들은 고통에 오래 달궈져, 슬픔에
대한 내성이 강한 그런 존재자들이다. 슬픔의 수행자인
듯 묵묵히 비감을 펼쳐놓는 그런 존재자들이다. 그 '슬
픔'은 지상의 사랑이 주는 가혹함에서 비롯된다. 지상
의 사랑은 주체에게 결핍감을 극대화시키며 가혹한 실
존의 조건에 이르게 한다. 치명적 상처를 가슴에 박는
다. 때문에 "평생 녹지 않는 얼음층"(「툰드라」)을 지니게
된다. 그 아픈 가슴을 시인은 조용히 펼쳐놓을 수밖에
없다.

가슴 한켠
다시는 꿈꿀 수 없는
이름을 묻어
평생 녹지 않는
얼음층을 지니게 하다니

———「툰드라」 부분

다시 몇 억만 년 후

내 가슴에서 발굴된
당신의 이름을 본다

——「화석」 부분

나 이제
세월을 믿는 나이가 아니건만
올해도
자귀나무꽃이 피었습니다

——「자귀나무꽃이 피었습니다」 부분

봄은 저물고
애처로운 이명만 남아
내 깊은 잠을 난타하느니

——「목소리」 부분

두서없이 선택한 위의 시편들에서 보는 대로 주체는 지상의 사랑으로부터 한없이 위축당한다. 지상의 사랑은 주체를 한없이 위축시키면서 자신을 증명하는 그런 가혹한 사건이기 때문이다. 그럼에도 시인은 위축당하는 자신의 현존을 언제나 적절한 수위에 걸쳐 놓는다.

결코 절망과 비탄으로 내려가지 않으려는 것이다.

2. 면밀한 뜻에 닿는 눈길

　들여다보면 한상남 시인이 보여주는 '위축감'은 담담하고 결연한 의지에 잇대어 있다. 사랑하는 마음이 당연스레 겪어야 할 절차인 듯 그는 고통을 감내한다. 그의 감내는 평온으로의 길로 사랑의 고통을 조용히 데려가는 일, 그것이다.

　눈물은 겨우내 헛되이
　가시 돋친 시간을 적셨구나

　밀주 같은 사랑
　익을 대로 익어
　차오르는 향기 가둘 수 없으니

　눈부신 것아
　슬픔조차 물오르게 하는

달디단 것아

한 이름에 취해 어지럽던
꿈 벗어놓고
거친 뜨락을 지키던 꽃나무 가지마다
새 잎 달아주시는
면밀한 뜻에 닿아
내 고단한 마음을 쉬리

──「봄」 전문

　　"어지럽던 꿈"을 벗어나려는 의지는 "새 잎 달아주시는/면밀한 뜻에 닿"는다. 마음을 일으켜 세우려는 주체에게 이 세상의 깊은 것들, 그 면밀한 존재가 스스럼없이 와 닿아주는 것이리라. "눈부신 것아", "달디단 것아"라고 호명할 수 있을 만큼, 주체는 '사랑'으로부터 한 발 물러서는 여유를 갖는다. 그리고 이 눈부시고 단 것의 배후를 조용히 직시한다. 동면에서 깨어난 나무에 피어나는 새 잎의 의미에 고통스런 삶의 배후를 씻으며 "고단한 마음을 쉬리"라는 의지를 돋군다. 이렇듯 시인은 사랑의 고통을 세상의 뜻 깊은 눈길과 섞어 발효시

킨다. 애써 사랑의 지순함을 얻는다.

바람이 거두지 못한 혼을 위하여
그가 오시다

한밤내 풀꽃의 어깨를 두드려
생시에 가졌던 꿈을 부리게 하고
기억의 건반
그 중 시린 음계를 눌러
화살처럼 빠른 아픔 한 줄기 놓으시는 뜻

불면의 새벽이 잉크빛으로 젖고 있다
——「가을비」 전문

첫 시집의 「봄비」처럼 시리도록 선명한 작품이다. 선
명한 이미지가 읽는 이의 가슴에 아픈 금을 긋는다. "생
시에 가졌던 꿈"과 "그 중 시린 음계"에서 반향하는 비
감어린 정서가 가득하다. 그러나 시인은 쓰라림을 행간
에 감추어 놓고 "아픔 한 줄기"만을 예리하게 내어놓을
뿐이다. "아픔 한 줄기 놓으시는 뜻"을 얻어 "불면의 새

벽이" "잉크빛으로 젖"어 가도록 추동하는 주체의 의지
가 진정 '잉크빛' 처럼 단정하게 번져가는 시다.

한상남 시인이 이처럼 단정한 의지로 결연해지는 것,
이는 끝내 사랑의 지순성을 스스로 거두려는, 그 의지
인 것이다. 사랑으로부터의 상처는, 그 상처를 수습하
는 주체의 손길에 따라 높낮이가 확연함은 물론이다.

한상남 시인은 세상 안의 사물과 풍경의 세부를 공들
여 떠내어, 그 위에 아픈 사랑을 앉혀, 증류시킨다. 이
는 "사물의 근원을 엿보는/집요한 습관 하나 생겼지요"
(「느티나무에 관한 추억」)에서 보는 대로 시인의 습관과도
같은, 세부에 이르는 시선에서 비롯된다. 그리고 그 증
류수는 진정, 첫 시집의 제목처럼 '눈물의 혼' 일 것이
다. 이 '눈물의 혼' 을 시인은 이번 시집에서도 내내 작
동시킨다. 군더더기를 쳐내고 얻은 결곡한 언어들의 꽉
얽힘, 단단한 덩어리의 그 밀도 속에 '혼' 의 자취가 스
며 있는 것이다.

입동 전야에
찬비 내려
갑자기 싸늘한 이 아침

한꺼번에 손을 턴
저 아름다운 승복을 보아라
은행나무 깨끗한 가지
흑백사진 속의 구도자처럼
결곡하다

——「11월」 부분

문득 아버지 누워 계신
산언덕이 그리워
기차를 타고 가는 고향행
멀리 보이는 풍경들은
강물처럼 한가롭고

우리도
이만큼 멀어지니
담백한 평화를 꿈꿀 만합니다.

——「담백한 이별」 부분

두 편의 시에서 보는 대로, 결곡성, 담백성은 한상남
시인의 시편들이 형성하는 소박한 향기들이다. 한편 이

소박한 향기는 선명한 이미지와 함께 엮여감으로써 작
품의 품격을 한결 높인다. 한 편 한 편의 작품들이 완성
도를 높이 갖는 것은 이에 연유할 것이다. 그는 결코 넘
치지 않으려 한다. '넘쳤을 때'의 수치감을 떨쳐내기
위해 결곡하려 한다. 이 때문에 한 편 한 편의 시들은
영롱한 표면장력을 유지하며 선연하게 찍혀 자리하는
것이다. 한편 이처럼 영롱한 표면장력 안에 세계를 그
러모으는 것, 그것은 '지상은 아직 향기롭다'는 긍정의
직관에서 온다 하겠다. 바로 이 직관력으로 그는 세상
이 간직한 면밀한 뜻에 닿아 마음을 높일 수 있었던 것
이다.

3. 지상은 아직 향기롭다

해질녘
폐경한 어머니들의
성스러운 귀가

지상은 아직 향기롭다

——「낙화」 전문

　한상남 시인의 특장인 언어의 절제와 고밀도의 형상화가 단적으로 드러나는 작품이다. 떨어져 내리는 꽃을 "폐경한 어머니들의 성스러운 귀가"로 의미화하는 면밀한 시선 아래서라면 "지상은 아직 향기"로울 수밖에 없으리라.

　이 시집의 시편들 곳곳에는 "지상의 남은 향기"가 진하게 배어 있다. 사랑의 고통으로부터 증류된 지순한 사랑, 눈물의 혼은 그 앞의 대상들에게 무한한 품을 연다. 극지에서 "풀 한 포기/새 한 마리/오오, 목숨이 빛나는 벌레 한 마리"(「비단길 2」)의 생명과 마주치며 그는 더욱 넓은 품을 갖게 되었으리라. 「날마다 좋은 날」에서 "십오일 이후/우리 삶은/일일시호일日日是好日"이라면서 그는 웃는다. 여기서 십오일 이후는 고승 운문선사의 말로 도를 깨우친 이후를 이르는 것이라 한다. 사랑에의 오랜 앓음은 그에게 '십오일 이후'를 선사했을 것이다. 그래서일까. 지상의 남은 향기들은 시인을 에워싼다. 이 향기 안에서 자연스럽게 행복의 감각이 벼려졌을 것으로 짐작한다.

행복하여라
그렇게 많은
희망의 시간을 가졌거니

빈센트의
광기어린 황색 아틀리에를 밝혀 주었던
꽃잎이
스스로 돌아가는 길을 찾으니

그리하여 더욱 행복하여라
찬란한 기억들이
촘촘히 여물고 있느니

——「가을 해바라기」 전문

이 작품은 시인 스스로의 여문 마음을 환기시킨다. "행복", "희망", "찬란한" 등의 환한 용어들이 해바라기 씨앗으로 박혀 시의 분위기를 조밀하게 압축하고 있다. "스스로 돌아가는 길을 찾"게 되는 일은 스스로 "촘촘히 여물"어, 존재를 길어 올린, 충만한 사건이 아닐 수 없다. 이처럼 시인은 행복과 희망, 그리고 평안 쪽으로 여러 번 시선을 옮긴다. 이 시선은 "눈부셔라/발효가 끝난 슬픔"(「휴일 1」)에서 비롯하며, "아득하여/아득하여 눈물겨운 사람아"(「휴일 2」)에서 또한 비롯한다. 그래서 시인의 주조음은 끝내 '슬픔'이 될 수밖에 없다.

한상남 시인이 보여주는 단정하게 빗질된 슬픔, 그것은 빗질되기까지의 고통스러운 시간을 함축하고 있기에 읽는 이들은 그가 꾹꾹 눌러 담고 뚜껑을 덮은 그 슬픔의 양을 짐작한다. 때문에 한상남 시인의 시편들은 조금 말하고 맑게 웃는데도 우리 마음은 아릿하기만 하다.

아직 지상은 향기로워 삶 또한 향기롭다고, 그러면서 그의 시편들은 스스로 지상의 향기가 되고 삶의 향기가 되어 있었다. "그 날 이후/바람만 예사롭고//세상은 쉰다"(「바람만 예사롭고」)고 그는 슬픔을 평안으로 돌리며 "가을/그대가 허락하는 먼 기억으로/못 다 다스린 현기증마저/오늘은 이렇게 감미롭구나"(「병후」)라며 여무는 계절의 의미에 자신을 사루고 있었다. 이렇듯이 슬픔도 거름이 되고, 또한 여물어 감미로울 수 있는 이 지상의 풍경들을 꽉 끌어안아 시인은 노래가 되게 한 것이다.

그의 노래가 쓰지 않은 흰 수건처럼 우리 손에 놓인
다. 얼룩이 묻을까 두려워하지 말고, 덥석 받아 더께 진
얼룩을 지워내야겠다.

한상남 시인의 약력
1953년 충북 제천 출생.
1979년 《한국문학》으로 등단.
청주대학교 국어국문학과, 한국방송통신대학 영문학과,
중앙대학교 신문방송대학원에서 공부했다.
시집 『눈물의 혼』이 있음.

지상은 향기롭다
한상남 시집

•

초판 1쇄 발행일 2004년 12월 1일
지은이 · 한상남
펴낸이 · 김종해
펴낸곳 · 문학세계사
주소 · 서울시 마포구 신수동 345-5(121-110)
전화 · 702-1800 / 팩시밀리 · 702-0084
이메일 mail@msp21.co.kr   www.msp21.co.kr
출판등록 · 제21-108호(1979.5.16)

값 7,000원
ISBN 89-7075-324-9   03810
ⓒ한상남, 2004

＊저자와의 협의에 의하여 인지를 생략합니다.
＊이 책은 한국문예진흥원의 창작지원기금을 받아 출간되었습니다.